9
KIM SUNGJAE
KIM BYUNGJIN
CHONCHU
TOKEBI

This French Edition published by arrangement
with HAKSAN Publishing Co., Ltd. through InterCulture Korea Co., Ltd. - INK Agency

ISBN 2-7507-0107-4
Dépôt légal Octobre 2004

Traduction : Sarah Hy Kim
Adaptation graphique : Cisco

CHONCHU

LE FILS MAUDIT DU DÉMON.
NÉ CHEZ LES YEMEKS ET FILS DU TAEMANGNIJI, MAIS DEVENU FILS DU DÉMON APRÈS QUE SON FRÈRE ULFASSO LUI AIT VOLÉ SON DESTIN. L'ORACLE DIVIN AVAIT PRÉVU QUE LE FILS DU DÉMON TUERAIT SES PROPRES PARENTS ET CAUSERAIT LA RUINE DE SON CLAN. CHONCHU FUT DONC ABANDONNÉ CHEZ LES MIRMIDONS, UN PEUPLE DE GUERRIERS. FORCÉ DE TUER LES AUTRES POUR NE PAS SE FAIRE TUER LUI-MÊME, IL MÈNE UNE VIE TRAGIQUE.

ULFASSO

LE VRAI FILS DU DÉMON.
NÉ FILS DU DÉMON, IL A TRANSMIS SON PROPRE SORT À SON FRÈRE CHONCHU. IL SEMBLE MAJESTUEUX ET GRACIEUX, MAIS AU FOND, IL EST LÂCHE, CRUEL ET DIABOLIQUE. DE PEUR QU'ON RÉVÈLE SA VÉRITABLE IDENTITÉ, IL EST OBSÉDÉ PAR L'IDÉE DE TUER CHONCHU.

AMIR

LA SŒUR D'AGON, CHEF DES MIRMIDONS.
C'EST UNE GUERRIÈRE QUI UTILISE L'ARBALÈTE COMME ARME PRINCIPALE. ELLE A GRANDI AVEC CHONCHU. EN VOYANT CHONCHU SE FAIRE MALTRAITER ET BAFOUER, SON AMOUR ENVERS LUI EST DEVENU PLUS FORT. C'EST LA PERSONNE QUI COMPREND LE MIEUX CHONCHU, ELLE ESSAIE DE LE PROTÉGER.

FASSA

LA FIANCÉE D'ULFASSO.
ELLE EST ORIGINAIRE DU CLAN KOMA QUI FOURNIT AUX YEMEKS LES INTERPRÈTES D'ORACLES ET LES REINES. APRÈS QUE SON PÈRE, LE ROI FARYUN, AIT DÉCÉDÉ DANS UNE GUERRE DE CLANS, ELLE IRA VOIR SON FIANCÉ ULFASSO POUR REDRESSER SON PEUPLE EFFONDRÉ. POUR ELLE, LE SENTIMENT AMOUREUX N'EST QU'UN LUXE.

AGON

LE CHEF DES MIRMIDONS.
AMI DE CHONCHU DANS LEUR ENFANCE, IL A COMMENCÉ À DÉTESTER CHONCHU LORSQUE SON PEUPLE A DÛ PARTICIPER À DES GUERRES DE CLANS INSURMONTABLES ET QU'IL Y A PERDU SON PÈRE. CEPENDANT, À CAUSE DES SOUVENIRS QU'ILS PARTAGENT, IL NE LE HAIT PAS COMPLÈTEMENT.

KONJI

LE SIMPLE D'ESPRIT.
IL EST COSTAUD ET PARAÎT VIOLENT. BIEN QUE FORT, IL RESTE NAÏF. LE NUNCHAKU EST SON ARME PRINCIPALE. IL SUIT CHONCHU DEPUIS QU'IL EST PETIT ET L'AIME BEAUCOUP.

HYUNWUK

LE SUCCESSEUR DE L'ÉTAT WHA.
LE PLUS PUISSANT PARMI LES CINQ ÉTATS FÉDÉRÉS. C'EST UN HOMME CRUEL, CONTRAIREMENT À CE QUE POURRAIT LAISSER PENSER SON PHYSIQUE EFFÉMINÉ. IL A POUR AMBITION DE PRENDRE LA PLACE DE TAEMANGNIJI UNE FOIS QU'IL AURA ÉLIMINÉ ULFASSO. MAIS APRÈS AVOIR RENCONTRÉ CHONCHU, SON DESTIN ET CELUI DE CHONCHU CHANGENT BRUSQUEMENT...

HUKCHI

LE PRINCIPAL GARDE DU CORPS D'ULFASSO.
CHEF DU SERVICE DES RENSEIGNEMENTS CHEZ LES YEMEKS. IL EST ENTIÈREMENT DÉVOUÉ À SON SEIGNEUR ET TRAITE SES SOLDATS AVEC BEAUCOUP DE RESPECT.

SAMIRANG

UNE GUERRIÈRE BANWANGHUL DU CLAN HAEBAEK.
ELLE SE DÉVOUE À LA LIBÉRATION DU PEUPLE HABAEK, MIS EN ESCLAVAGE PAR LES CINQ ÉTATS FÉDÉRÉS. SAMIRANG A DÛ PASSER DES ÉPREUVES INHUMAINES POUR DEVENIR UNE GUERRIÈRE BANWANGHUL ("LES RÉVOLTÉS").

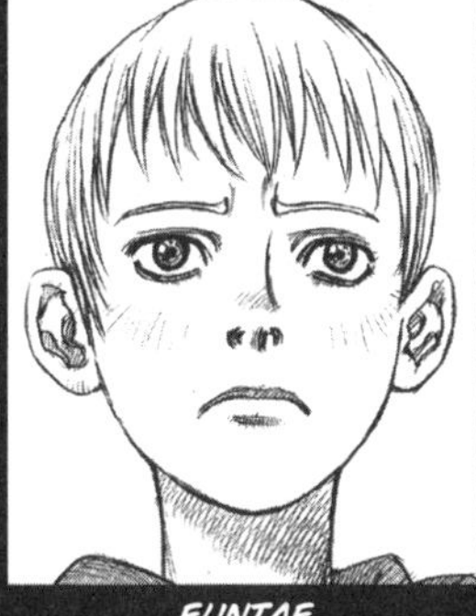

EUNTAE

UN GARÇON DU PEUPLE HABAEK.
LES HABAEKS SONT LA CLASSE LA PLUS BASSE DANS L'ORGANISATION SOCIALE. EUNTAE MAUDIT CONSTAMMENT SON SORT ET ESSAIE DE S'ÉLEVER SOCIALEMENT PAR SES PROPRES EFFORTS.

YEONO

LE CHEF DES BANWANGHULS.
C'EST UN PERSONNAGE TRÈS RESPECTÉ PAR LES HABAEKS. DEPUIS QU'IL A PERDU UNE JAMBE, IL NE PARTICIPE PLUS AUX COMBATS. IL EST DÉVOUÉ CORPS ET ÂME À SA CAUSE : LIBÉRER LE PEUPLE HABAEK.

Chonchu

BABOUM
BAOUM
BOUM

FSSSHHH
BAOUM

DÉPÊCHE-TOI, EUNTAE...
EUNJI...
... JE VOUS REMERCIE POUR TOUT À L'HEURE.
SAUVEZ-VOUS !
ALLEZ AU REFUGE !

AVANCEZ VITE !
LES WHAS ARRIVENT !
DÉPÊCHEZ-VOUS !

FLOP
HÉ, TOI !
TAP
TAP

J'AI L'IMPRESSION DE T'AVOIR DÉJÀ VU QUELQUE PART...
JE SUIS ARRIVÉ DANS CETTE VILLE HIER.
ALORS... C'EST ENCORE PLUS BIZARRE !
IL N'Y A PAS EU DE NOUVEAUX ARRIVANTS HIER !
STAK

TSAP
ÉCOUTEZ !
IL EST HABAEK COMME NOUS.

IL EST VENU DE LOIN POUR S'OCCUPER DES ENFANTS.
...
HÉ, DÉPÊCHE-TOI ! ON DOIT VITE SE DÉPLACER !

ALLEZ VITE AU REFUGE.
LES WHAS ARRIVENT EN MASSE.
ALLEZ AU REFUGE !
LES WHAS ARRIVENT !
JE... JE VOUS REMERCIE.

EUNJI !!
TU PENSES PROTÉGER CE TYPE JUSQU'À QUAND ?
IL EST DE WHA !

PEU IMPORTE QU'IL SOIT HABAEK OU WHA.
LÀ, IL N'A NULLE PART OÙ ALLER, COMME NOUS.
BAOUM

AAAHH
ARGH
LA SITUATION EST PIRE QUE CE QUE JE PENSAIS.
BOUGE PAS DE LÀ. JE VAIS ALLER VOIR CE QUI SE PASSE.
MAIS...
ÇA VA ÊTRE VITE FAIT. JE VAIS JUSTE ME RENSEIGNER SUR COMMENT ALLER AU REFUGE.

TOI, NE FAIS PAS DE CONNERIE SI TU VEUX RESTER EN VIE.

EUNJI !
ÇA VA ?

J'AI PEUR.
REVIENS VITE, EUNTAE.
AH... CE SONT...
... DES SOLDATS WHAS !

AAHHH
ARRÊTEZ-LES !!
NE VOUS INQUIÉTEZ PAS.
TOUS LES WHAS NE SONT PAS MÉCHANTS ...

VENEZ AVEC MOI À LA VILLE FORTERESSE.
JE PEUX OFFRIR AUX ENFANTS UN LOGEMENT CONFORTABLE ET DE LA NOURRITURE ABONDANTE.
ACCEPTEZ-VOUS DE VENIR AVEC MOI ?

AAHH
NE NOUS TUEZ PAS !

ÉPARGNEZ-NOUS...
S'IL VOUS PLAÎT.

STOP !
ATTENDEZ !!
STAK

EUH... JE...
... JE M'APPELLE WURYU ET J'APPARTIENS AU TROISIÈME CORPS EXPÉDITIONNAIRE DU VILLAGE DES HABAEKS !
ET ALORS ?
PARDON ?

JE NE SAIS PAS D'OÙ TU SORS, MAIS...
POC
POC
... COMMENT ÇA SE FAIT QU'UN SOLDAT DE WHA SE PROMÈNE AVEC UN DÉGUISEMENT PAREIL ?
NOUS SOMMES EN MISSION. ALORS DÉBROUILLE-TOI POUR RETOURNER AU SIÈGE.
EN MISSION ? LAQUELLE ?
L'EXTERMINATION DES HABAEKS !

TUEZ-LES TOUS !!
YAAAH

AAAAH
NE ME TUEZ PAS !
TCHAK
ARGH
AAAHHH

Chonchu

AAAHHH
TCHAK
TCHAK
ARGH
ARR.. ARRÊTEZ !
ARRÊTEZ !
ARRÊTEZ !!

SPLONK
PLONK
JE TE DIS D'ARRÊTER, BON SANG !!
MAIS... QU'EST-CE QUE TU AS ?

TU AIMES À CE POINT TUER DES GENS ?
PUISQUE TU AIMES TANT DONNER LA MORT, TU VAS FAIRE TOI-MÊME L'EXPÉRIENCE DE LA MORT.

TSAK
TONK

BONG
ARGH
L'ORDURE !!
ARRÊTE. IL EST QUAND MÊME DE NOTRE CAMP !
LÂCHE-MOI. IL ÉTAIT PRÊT À ME TUER !!
AAAHH

ARGH ...
?!

SAU...
SAUVEZ-VOUS
FUYEZ !!
CE SONT DES HABAEKS. TUEZ-LES !!

NON !!
AH...

SAUVEZ-VOUS VITE !!
?!
ALLEZ, COUREZ !!

ATTRAPEZ LES ENFANTS !!
AAHH
COUREZ ! SAUVEZ-VOUS !!
LA FERME !!
PONK
AAAAH

VENEZ ICI. SOYEZ SAGES.
ALLEZ, SOYEZ SAGES.

FFS SSHH

BA
BOUM

NOOOON
PLOF

TA GUEULE !!
PONK
LES... LES ENFANTS... SONT...
TU LA FERMES, OUI !!
JANG EST MORT, AUSSI.
C'EST À CAUSE DE CETTE GARCE !
LES ENFANTS ...
LES ENFANTS ...

NON !!
LAISSEZ-LA, S'IL VOUS PLAÎT !!
JE VOUS EN SUPPLIE.

NON !!
BONG
SHLACK

NO...
NON !
SSH
TONK
ATTEN-
TION
!!

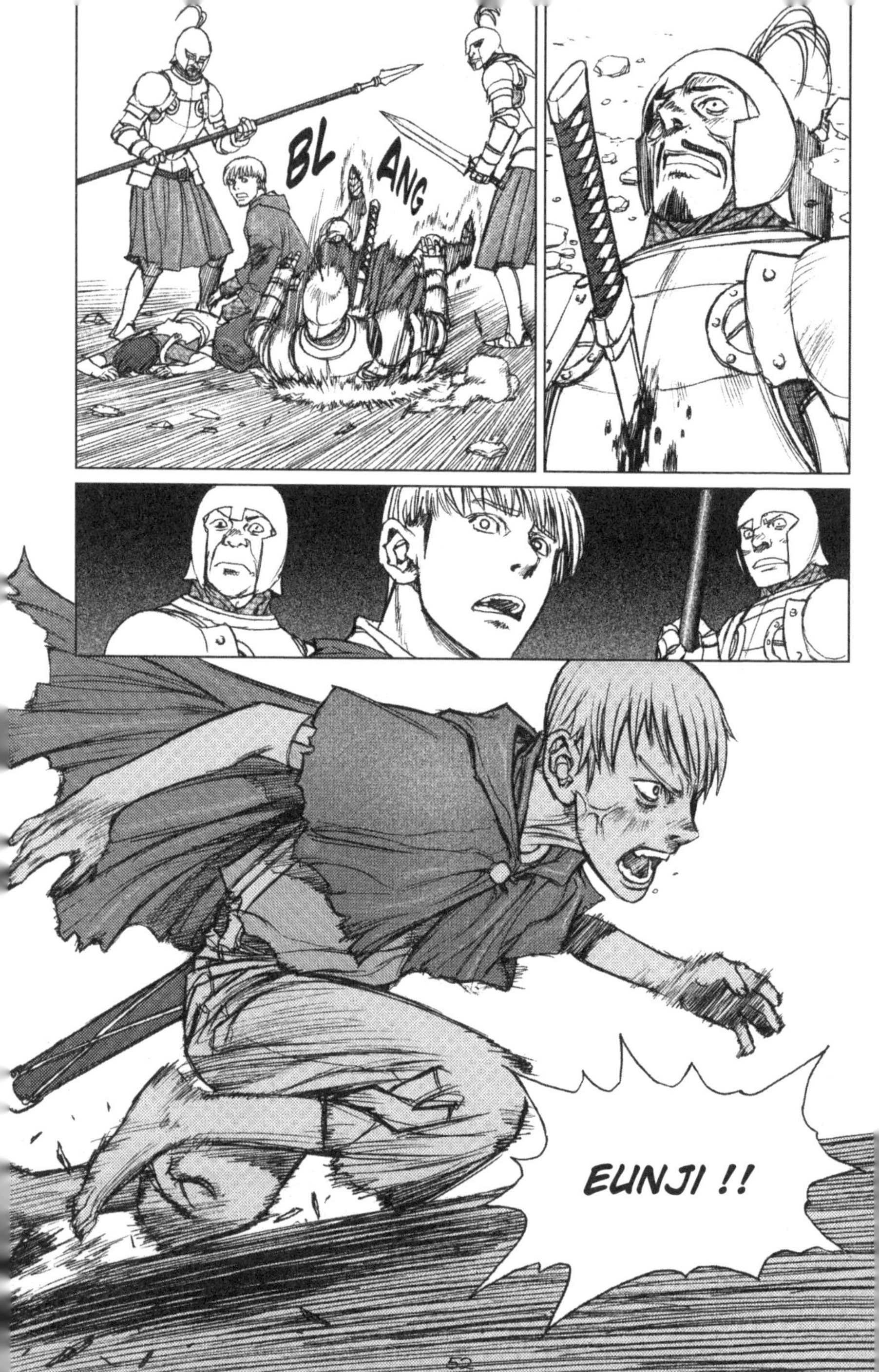
BL ANG
EUNJI !!

EUNJI !!
CRÈVE !!
SWOUIF
TLAK

CHAK
AAHH
YAAAH

VL
ANK
ARGH
CHAK
TCHAK

TCHOK

BLANG
EUNJI...

Chonchu

MONTEZ EN ORDRE !
EN ORDRE !
EN ORDRE !
BLA BLA
EN ORDRE !
BLA BLA
BLA BLA
BLA BLA
BLA BLA

BLA BLA
BLA BLA

BLA BLA
BLA BLA

LES ENFANTS ET LES BLESSÉS D'ABORD !
DOUCEMENT ! RESPECTEZ L'ORDRE !
ARRGH
SAUVEZ-MOI !

FAITES ENTRER LES BLESSÉS ET LES ENFANTS EN PREMIER ! ENSUITE, CE SERA LE TOUR DES FEMMES !
POUSSEZ-VOUS ! C'EST UN BLESSÉ GRAVE !!
LAISSEZ PASSER !

TIENS-LE
BIEN !
ATTENTION !
TAP

C'EST... À CAUSE DE MOI...
CE N'EST PAS LA PEINE DE TE SENTIR COUPABLE.
ON PEUT RECOMMENCER À NOUVEAU.

RECOMMENCER ?...
TOUT LE MONDE MEURT...
... ET NOTRE VILLAGE EST EN TRAIN DE BRÛLER !
AVEC QUOI PEUT-ON RECOMMENCER ?

IL NOUS RESTE...
... CES ENFANTS.
AVEC QUOI ON RECOMMENCERAIT...
SI ON NE RÉUSSIT PAS DANS NOTRE COMBAT ILS SE BATTRONT À LEUR TOUR QUAND ILS SERONT ADULTES.
S'ILS N'Y ARRIVENT PAS...

... CE SERA LE TOUR DE LA GÉNÉRATION SUIVANTE. C'EST AINSI QUE LE MONDE DONT ON RÊVE SE RÉALISERA UN JOUR.
UN NOUVEAU MONDE OÙ LES RICHES ET LES PAUVRES N'EXISTERONT PAS, OÙ IL N'Y AURA PAS DE DISCRIMINATION ENTRE LES DIFFÉRENTS ÉTATS...
... ET OÙ TOUT LE MONDE POURRA VIVRE DANS L'ÉGALITÉ.

LES WHAS ARRIVENT !
AAAH
TSAK
TSAK
TSAK

LAISSEZ-MOI PASSER !
POUSSEZ-VOUS !
SIRE YEONO.
ILS ONT... PÉNÉTRÉ LA BARRIÈRE !
!!
TAK

JE VAIS ESSAYER DE GAGNER DU TEMPS.
TÂCHE DE METTRE LES GENS À L'ABRI LE PLUS VITE POSSIBLE.
BLA BLA BLA BLA BLA BLA
DÉPÊCHEZ-VOUS !
ON N'A PAS BEAUCOUP DE TEMPS !!

BLA BLA
BLA BLA
BLA BLA
AAAAH... LES WHAS ARRIVENT !
AAAH ! POUSSEZ PAS !
DÉPÊCHEZ-VOUS !

AVANCEZ, VITE !!
DÉPÊCHEZ-VOUS !
FSSS FSSS FSSS
ARGH
AAAAHH
AAAAHH

AU SECOURS !
JE NE VEUX PAS MOURIR !
AAAH ! POUSSEZ PAS !

C'EST QUOI CE BORDEL !
À PARTIR DE MAINTENANT, CELUI QUI NE RESPECTE PAS LES ORDRES MOURRA DE MES MAINS !
QUE CEUX QUI VEULENT MOURIR DE MES MAINS S'AVANCENT !

TSAK
TSAK
TSAK

BLONG
PLOF
TSAK
METTEZ VOS BAGAGES SUR VOTRE TÊTE !
STAK
STAK
STAK
STAK

DAME SAMIRANG !
QUELLE EST LA SITUATION ?
C'EST GRAVE.

Chonchu

CE SONT LES WHAS !
AAH !
SAUVEZ-VOUS !
RATTRAPEZ-LES !!
ON VA TOUS LES MASSACRER D'UN COUP !!

ARCHERS EN POSITION !!
TIREZ !!

ARGH
TSAK
TSAK
AAAH... CHÉRI !!
ENTREZ VITE !!
PLUS VITE !!

DÉPÊCHEZ-VOUS ! ALLEZ, ENTREZ !!
RIPOSTEZ AVEC VOS ARCS !!
STOK
STOK
STOK
TSAK
TSAK
AAAAH
TSAK
NON... ÇA NE PEUT PAS CONTINUER COMME ÇA.
IL FAUT FERMER LA PORTE.

EN ORDRE !
MAIS... IL RESTE ENCORE BEAUCOUP DE MONDE !
FERMEZ LA PORTE, VITE !
RESPECTEZ L'ORDRE !
SI ON NE FERME PAS LA PORTE MAINTENANT...
... NON, C'EST PAS POSSIBLE. ON NE PEUT PAS LAISSER MOURIR TOUS CES GENS.

MONTEZ VITE !
LES WHAS SONT EN TRAIN DE MONTER !
AAAH ! ILS ARRIVENT !
TCHAK
SCHLAK
AAAH

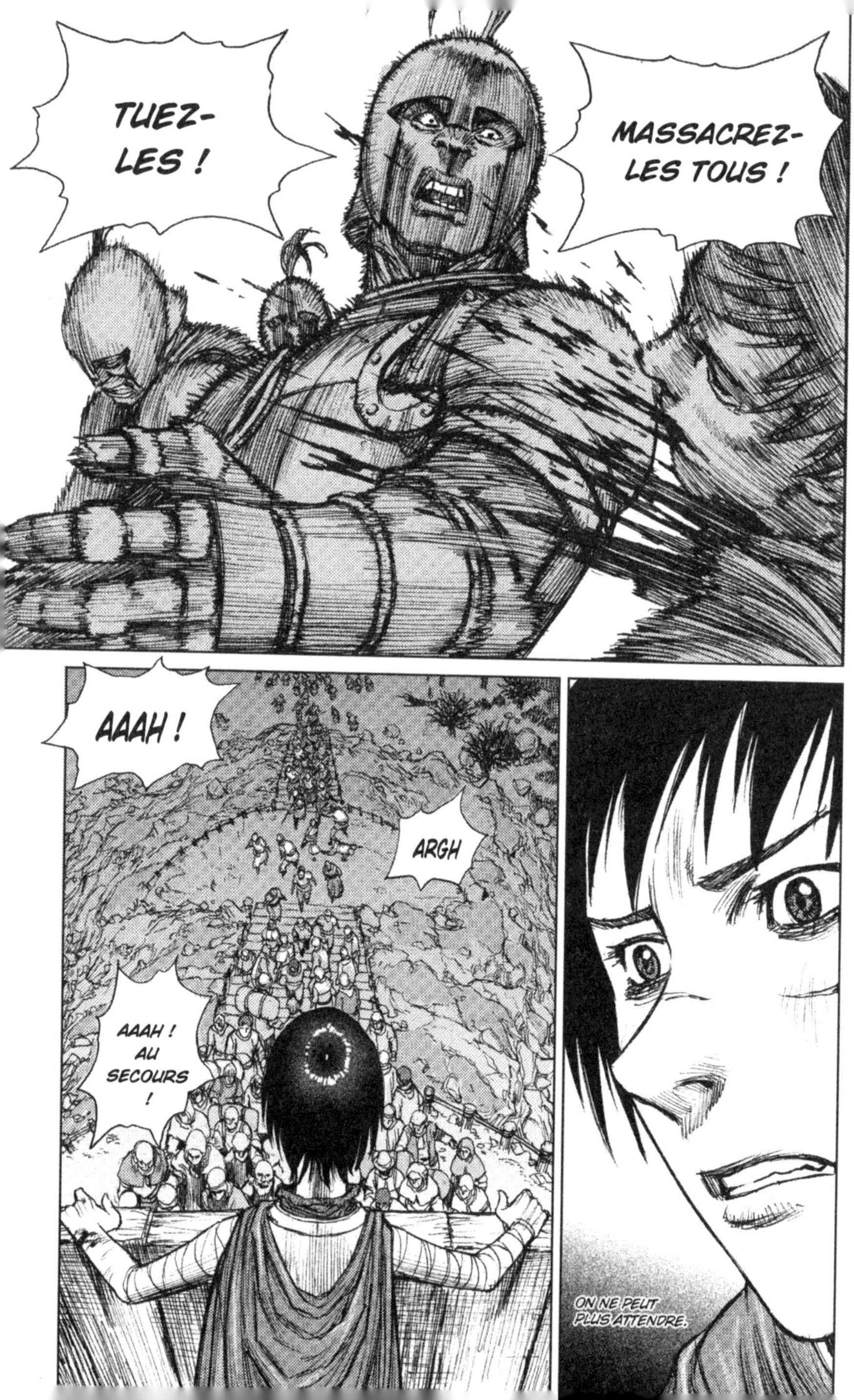
MASSACREZ-LES TOUS !
TUEZ-LES !
AAAH !
ARGH
AAAH ! AU SECOURS !
ON NE PEUT PLUS ATTENDRE.

FERMEZ LA PORTE !
ON NE PEUT PLUS ATTENDRE !
FERMEZ-LA TOUT DE SUITE !

KRRIIIIIII
NON !!
NE NOUS ABANDONNEZ PAS !
RECULEZ !
NOUS N'AVONS PAS LE CHOIX !
PITIÉ, SAUVEZ-NOUS !
MAUDISSEZ...
...MOI.

AAAH
AAAAH
TCHAK

HAF
HAF
HAF
IL FAUT ENTRER AU REFUGE QUOI QU'IL ARRIVE !

CE N'EST QU'UN GOSSE !
TUEZ-LE !
SRRR
SCH
LACK

AAAH
CHTAK
ARGH
AAAH

ARCHERS, TIREZ !
RECULEZ, SOLDATS DE WHAS !
REPLIEZ-VOUS !

FSSS
FSSS
!!
STAK
STAK
STAK
TCHAK
AAAAH

MAIS, TUEZ-LE !
TSAK
TSAK
TSAK
TSAK
TSAK
TSAK

DÉPÊCHEZ-VOUS !
ON Y EST PRESQUE !
FERMEZ LA PORTE !
VIENS VITE !
HAF
HAF
HAF
HAF
HAF

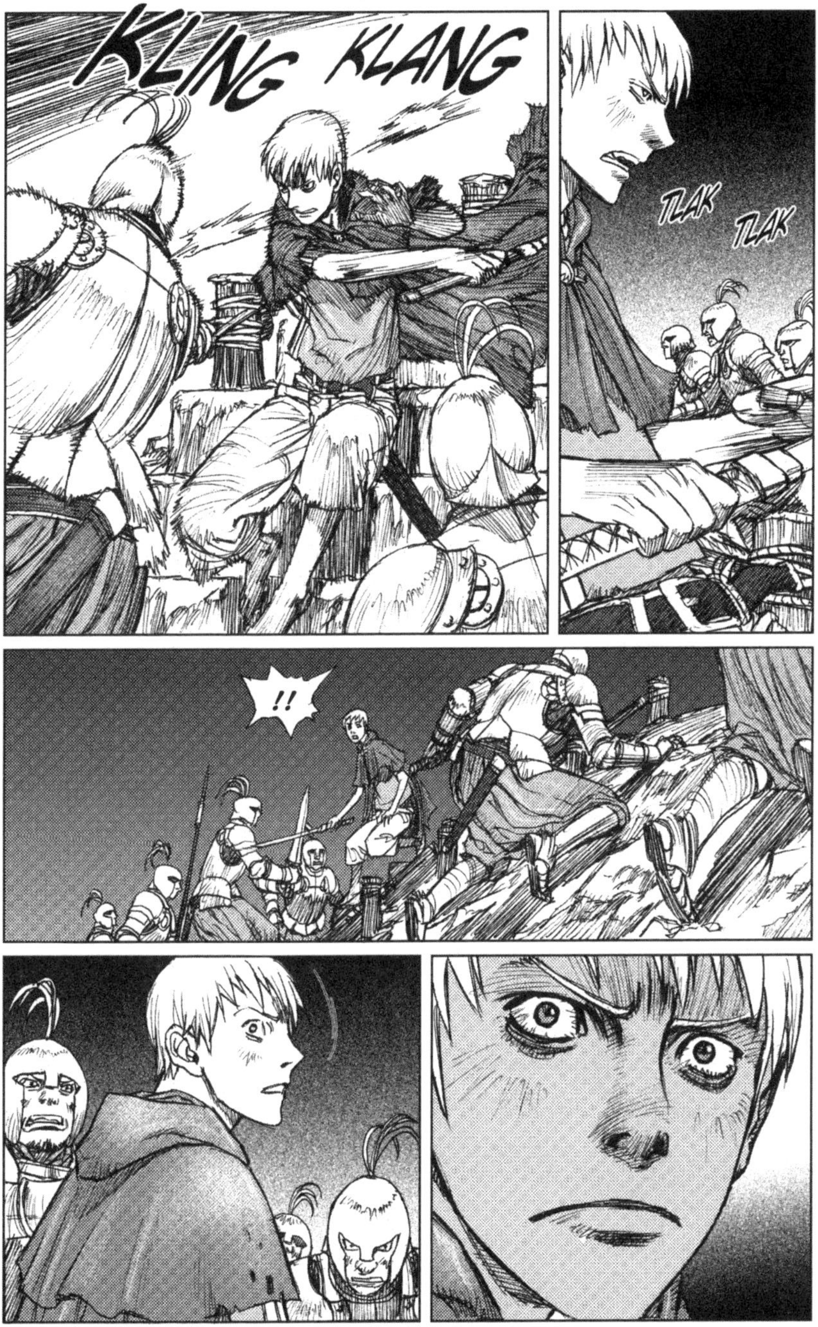
KLING KLANG
TLAK
TLAK
!!

HAF
HAF
HAF
TLAK
TLAK
TLAK
QUEL CON !
LÈVE-TOI !

YAAAH
CHLAK
TCHAK
ARGH

SCH
BARRE-TOI !
LAC
AAAH
DÉGAGEZ DE LÀ !

HAF
HAF
HAF
HAF
HAF
HAF
HAF
DÉPÊCHEZ-VOUS !
ALLEZ, ENCORE UN EFFORT !!
HAF
HAF
HAF
HAF

LES WHAS ARRIVENT ! IL FAUT FERMER LA PORTE !
ATTENDS ENCORE !
ALLEZ, COURAGE ! TU VAS RÉUSSIR !
HAF HARF
PLONG
HUF
HAF
HAF
HAF
HAF HAF
HUF
HAF
EUNJI...

... ÇA N'A PAS D'IMPORTANCE QU'UN GARS COMME MOI MEURE...
... MAIS J'AURAIS TANT VOULU VOUS SAUVER. VOUS QUI ÊTES TEL UN ANGE...

Chonchu

SCHTAK
QUE TOUS CEUX QUI TOUCHENT EUNJI...

... MEURENT DE MES MAINS !
HAF HAF HAF
HAF HAF
AARGH

ACCROCHE-TOI À LA CORDE !
KLING
KLANG
LÈVE-TOI ! ET PRENDS LA CORDE, VITE !
TUEZ-LE !
ON NE VA PAS SE LAISSER AVOIR PAR UN GOSSE !

PFFFT
STAK
STAK
AAAAAH
ARGH
AAAH
ACCROCHE-LES À LA CORDE, VITE !
ARCHERS !!

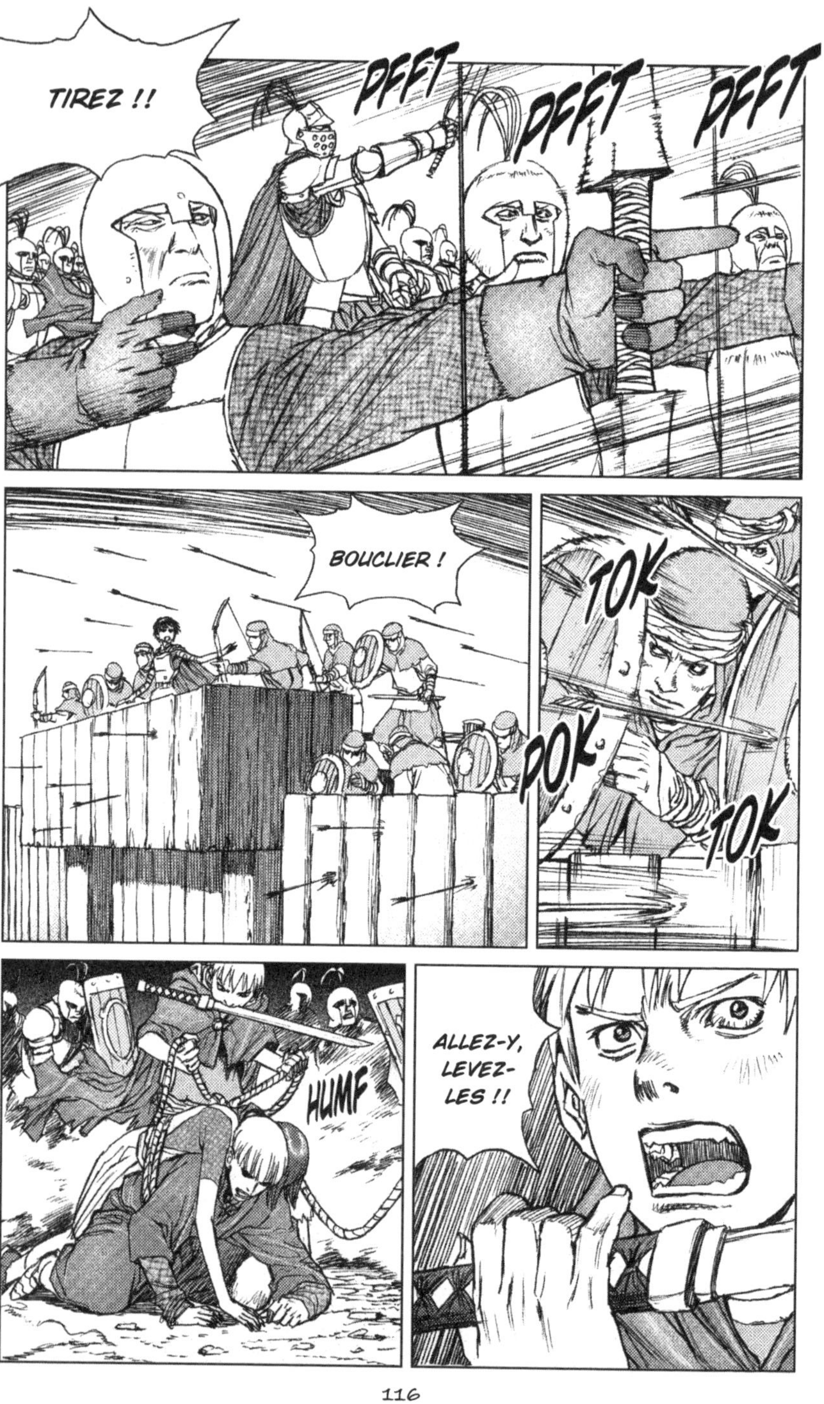
TIREZ !!
PFFT
PFFT
PFFT
BOUCLIER !
TOK
POK
TOK
HUMF
ALLEZ-Y, LEVEZ-LES !!

TIREZ !
TUEZ-LE !!

SCHLACH
TCHAK
SCHLAK
SRRR
AAAH
SCHLAK
IL EST DERRIÈRE !

TCHAK
SCHLAK
OÙ... OÙ EST-IL ?
AARGH
AAH

AAAAH
MONTE, VITE !
ARRÊTEZ-LE !

CRÈVE !
STOC
STOC
MAIS !
STAP
TAC
ARCHERS, TIREZ ! TIREZ !

CHAC
PTOK
PTOK
PTOK
GRRR
TSAK
TSAK
TSAK
TSAK
PRENDS MA MAIN !

ALLEZ, ATTRAPE-LA !
TAP
DESCENDEZ-LES VITE !!

C'EST PAS VRAI...
... QU'IL A...

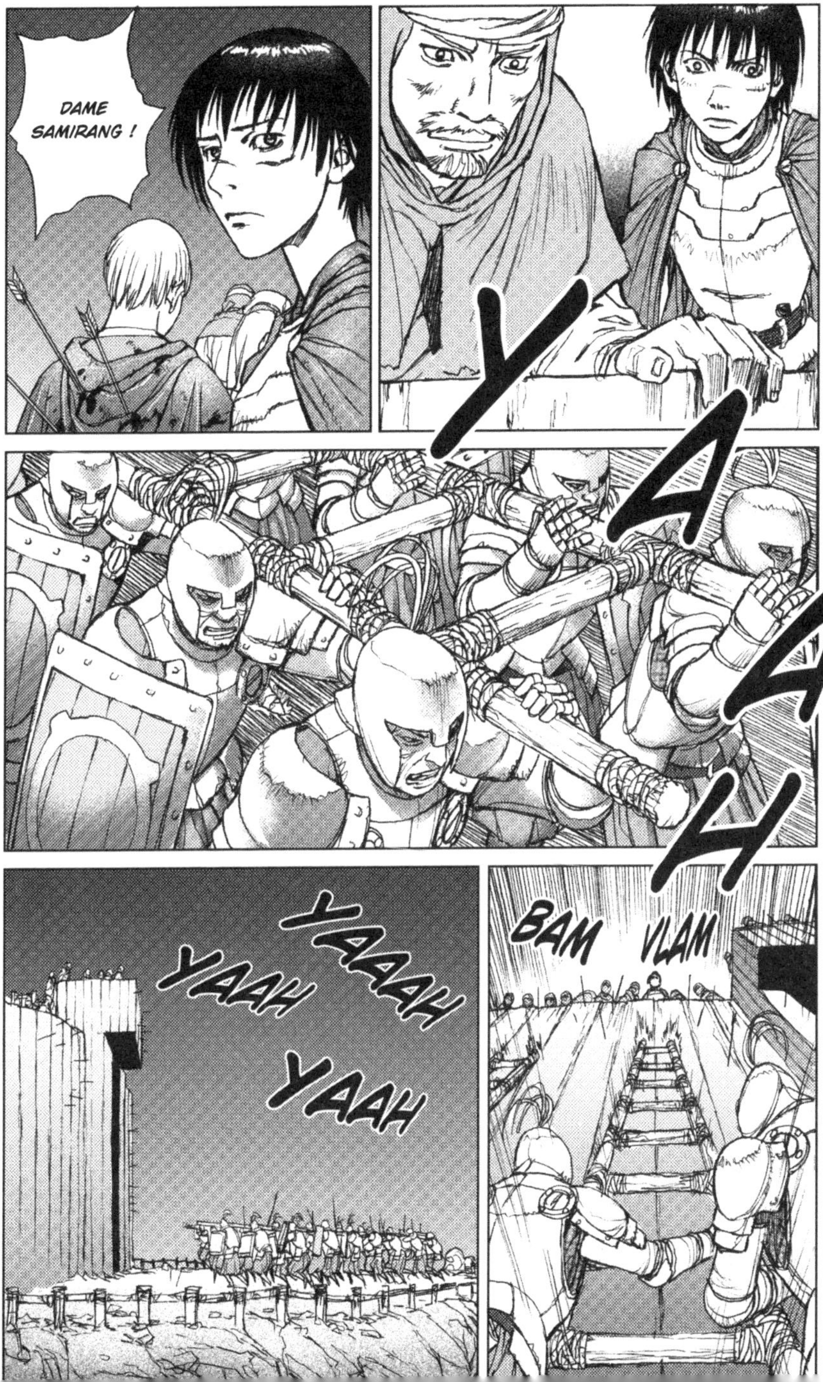
DAME SAMIRANG !
YAAAH
YAAAH
YAAH
YAAH
BAM
VLAM

EN AVANT, PRENONS LES REMPARTS DU PREMIER COUP !
À L'ATTAQUE !
REPOUSSEZ-LES !!
YAAAH
YAAAH
YAAAH
YAAAH
TCHAK
AAH
AAAAH

AAAAH
YAAAH
AAAH
NE RECULEZ PAS !
YAAAH
EN AVANT ! MONTEZ !
ARCHERS ! TIREZ !
PFFT
PFFT
STOK
STOK
STOK

ARGH
TCHAK
ON Y EST !
CHLAK
YAAAH
KLANG
TCHAK

DÉFENDEZ-VOUS !
À L'ATTAQUE !
EN AVANT !
KRANG
BANWANGHUL !

VIVE LES BANWANGHULS !!
YAAH
TCH
ACK

KEUF...
MA...
MAMAN...
AARGH...

TCHONK
ARGH
TSAK
PLONG
ON EST TOUS PAREILS...
... LES MÊMES...

AAAAH
SCHLANK
AAARGH
UN PEU PLUS... IL FAUT TENIR ENCORE UN PEU PLUS...
BLONG

AAAH
AU SECOURS !

YEONO, DÉPÊCHE-TOI !
TCHAK
YEONO !
TCHAK

Honchu

SAMIRANG EST TOUCHÉE !!
AAAH

C'EST SAMIRANG ! ARRÊTEZ-LA !
POK
C'EST QUOI ?

LEVEZ-VOUS DAME SAMIRANG !
ON VA S'EN OCCUPER. MAIS SAUVEZ-VOUS, DAME SAMIRANG !
NON... C'EST IMPOSSIBLE.

MAIS VOUS, VOUS DEVEZ RESTER EN VIE POUR LE PROCHAIN COMBAT. DÉPÊCHEZ-VOUS, JE VOUS EN PRIE.
SI. PARTEZ ! NOUS N'AVONS PAS PEUR DE MOURIR.
JE ME BATTRAI CONTRE EUX...
... MÊME SI CELA FINIT PAR DÉCHIRER COMPLÈTEMENT MON CORPS.
TOUS À MORT !
TRÈS TOUCHANT CETTE SCÈNE DE THÉÂTRE. TUEZ-LES TOUS !

SHLACK
VENEZ, CHIENS DE WHAS !
YAAAH
AAAH
PONK
PAK

DANK
SCH
LAK
SI J'AVAIS RÉUSSI À TUER LE SUCCESSEUR DE L'ÉTAT WHA...
... ÇA AURAIT PLONGÉ LES WHAS DANS LE CHAOS.

ON SE SERAIT RÉVOLTÉ CONTRE EUX À CE MOMENT LÀ ...
... ET AURAIT FAIT APPEL AUX WUGURS QUI SONT ARRIVÉS TOUT PRÈS DU DÉSERT.
MAIS...
CHACK
... MAIS...
... CE CONNARD...
...C'EST À CAUSE DE CE CONNARD...

JE VAIS LE TUER !

JE LE TUERAI !!
AAAAH
AARGH
AAAAAH
ARGH

NON !!
TCHAK
ARGH
TLAK
TCHAK
AAHHH

PLAF
TOUT... EST FINI.
YEONO...
... JE COMPTE SUR TOI POUR LE RESTE.

SOLDATS DE WHA, BATTEZ EN RETRAITE !!
REPLIEZ-VOUS!!
FUYEZ !
SAUVE QUI PEUT !

BR

BRRMMMMM

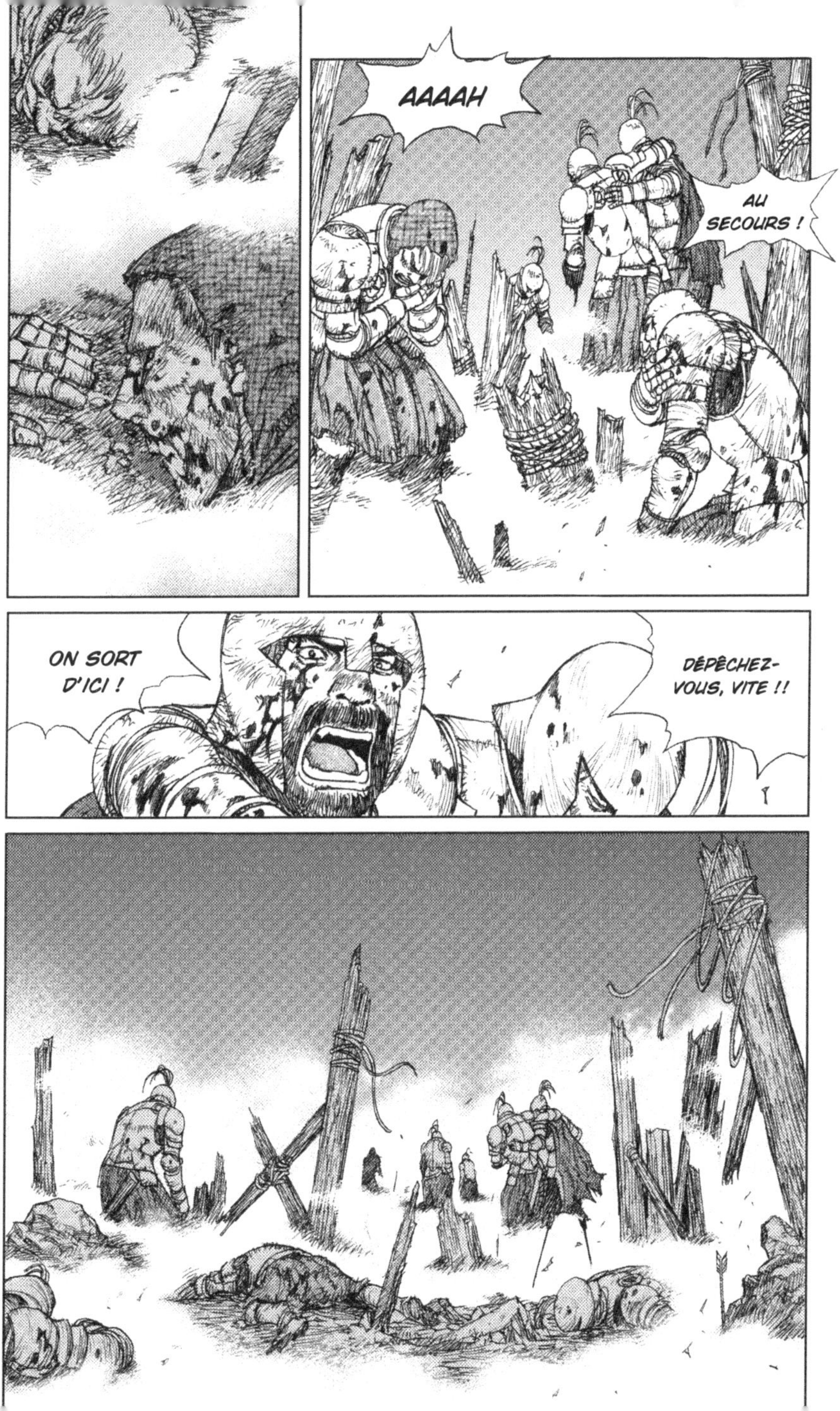
AAAAH
AU SECOURS !
ON SORT D'ICI !
DÉPÊCHEZ-VOUS, VITE !!

HAHAHA !!
BANDE DE CONS ! VOUS CROYEZ QUE LE CERVEAU EST LÀ JUSTE POUR REMPLIR LE CRÂNE ?
ON N'EST PAS ÉQUIPÉS DE CANONS POUR RIEN !
NOUS ÉTIONS SUR LE POINT DE GAGNER LE COMBAT, IL N'ÉTAIT PAS NÉCESSAIRE D'UTILISER LE CANON.
VOUS AVEZ TIRÉ SANS NOUS AVERTIR, BEAUCOUP DE NOS SOLDATS ONT ÉTÉ TOUCHÉS AUSSI.

TAIS-TOI ! QUAND J'ÉTAIS ABSENT, TU AS MIS EN DANGER LA VIE DE SIRE HYUNWUK.
QUAND UN COMBAT S'ENLISE, IL EST NORMAL DE FAIRE APPEL AU CANON.
C'EST POUR ÇA QU'IL FAUT QUE JE SOIS LÀ POUR DIRIGER.
PRÉPAREZ LE TIR !

ORIENTEZ-LE !
IL FAUT LES ACHEVER D'UN SEUL COUP !
REPLIEZ-VOUS !
SOLDATS DE WHA, REPLIEZ-VOUS !!
ALLEZ, VITE !! ON SE DÉPÊCHE !!

SAMIRANG, ON A MIS TOUT LE MONDE À L'ABRI DANS LE REFUGE !
OUI...

CE N'EST PAS ENCORE PRÊT ?
MAIS... MONSIEUR L'INTENDANT !
?
...

Chonchu

PLOF
AVANCE !
J'EN AI MARRE DE FAIRE CETTE CONNERIE.
TU PARLES ! J'AI PEUR DE FAIRE DES CAUCHEMARS.
KRRR

PLAF
STACK
BLOUP
BLOUP
BLOUP
BLOUP
PLOC

FRRRR

OH LÀ LÀ, QU'EST-CE QUE ÇA PUE.
ALLEZ, AVANT QUE LE FEU S'ÉTEIGNE, ALLONS EN CHERCHER D'AUTRES.

KRRRRR

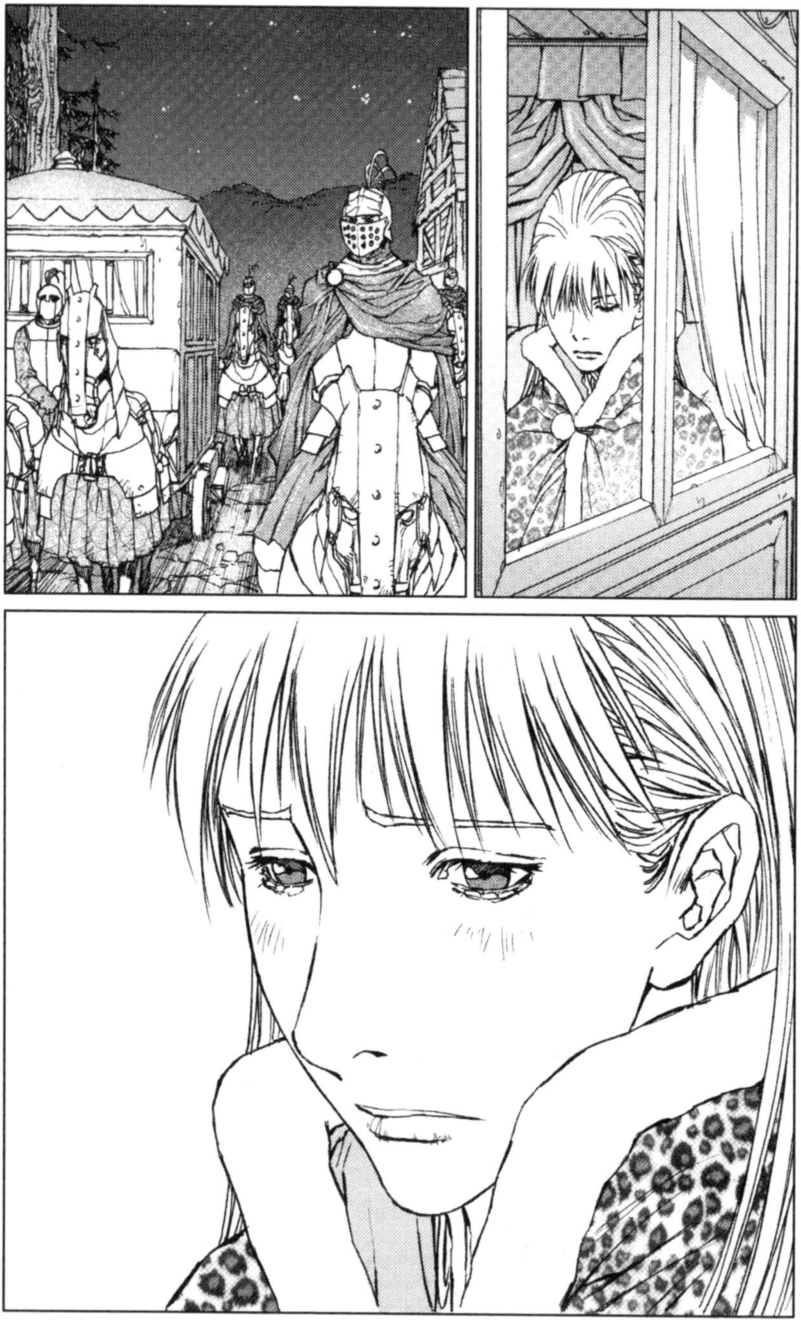

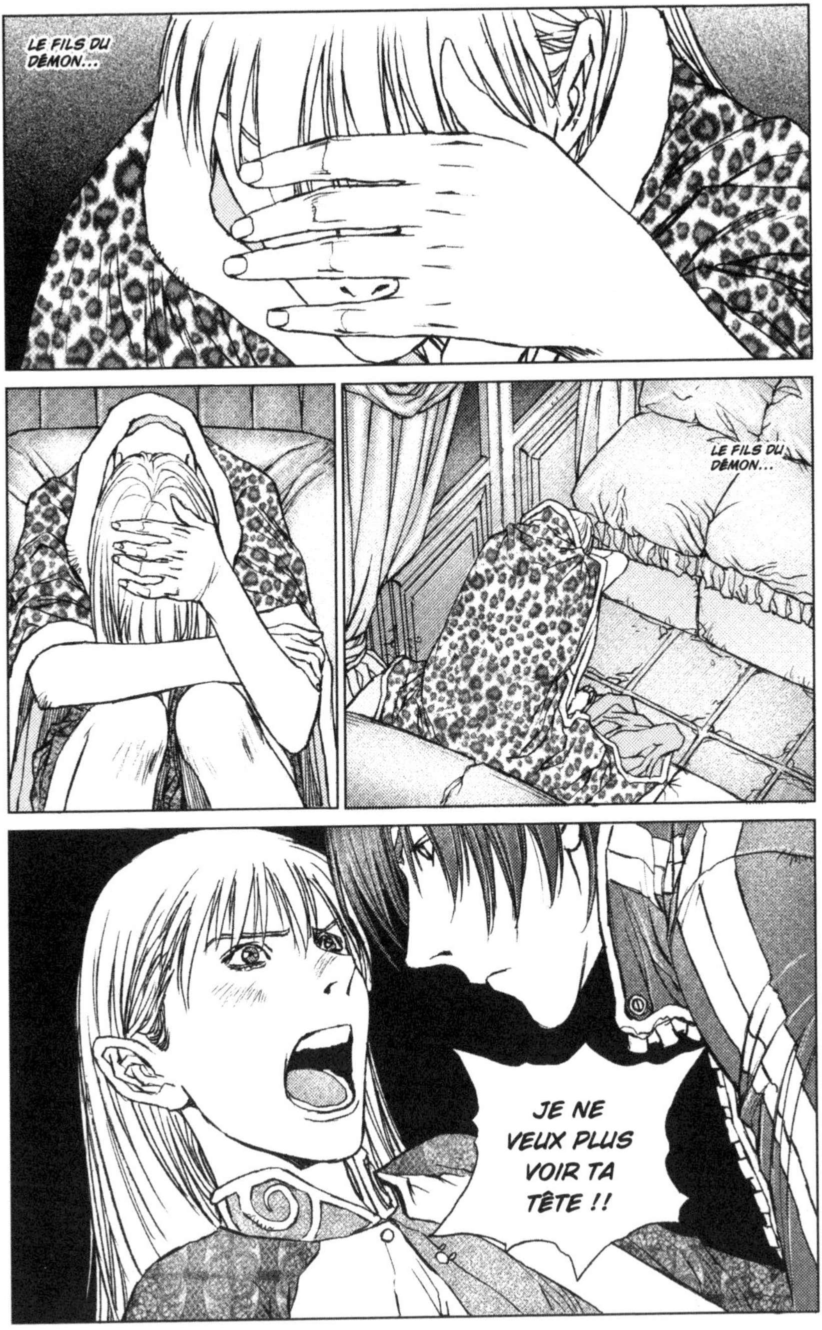
LE FILS DU DÉMON...
LE FILS DU DÉMON...
JE NE VEUX PLUS VOIR TA TÊTE !!

TU NE VEUX PLUS ME VOIR ?... TOUT À L'HEURE TU M'APPELAIS TON AMI JUSQU'À CE QUE TU SACHES QUE JE SUIS LE FILS DU DÉMON.
C'EST SI IMPORTANT QUE ÇA QUE JE SOIS LE FILS DU DÉMON ?

JE SUIS DÉSOLÉ...
... VRAIMENT DÉSOLÉ.
CE N'EST VRAIMENT PAS PARCE QUE TU ES LE FILS DU DÉMON QUE J'AI RÉAGI COMME ÇA.
C'ÉTAIT LA PREMIÈRE FOIS QUE J'AI RÉELLEMENT FAIT CONFIANCE À UNE PERSONNE. JE T'AI CONSIDÉRÉ VRAIMENT COMME UN AMI.

DÈS QUE J'AI SU QUE TU M'AVAIS MENTI, J'AI EU L'IMPRESSION...
... QUE MA TÊTE ALLAIT EXPLOSER.
JE SUIS DÉSOLÉ.
EXCUSE-MOI.
QU'EST-CE QUE JE PEUX FAIRE ?
QU'EST-CE QUE JE PEUX FAIRE POUR ME FAIRE PARDONNER ?

DIS-MOI...
DIS-MOI.
ALLEZ, DIS-LE MOI, À LA FIN !

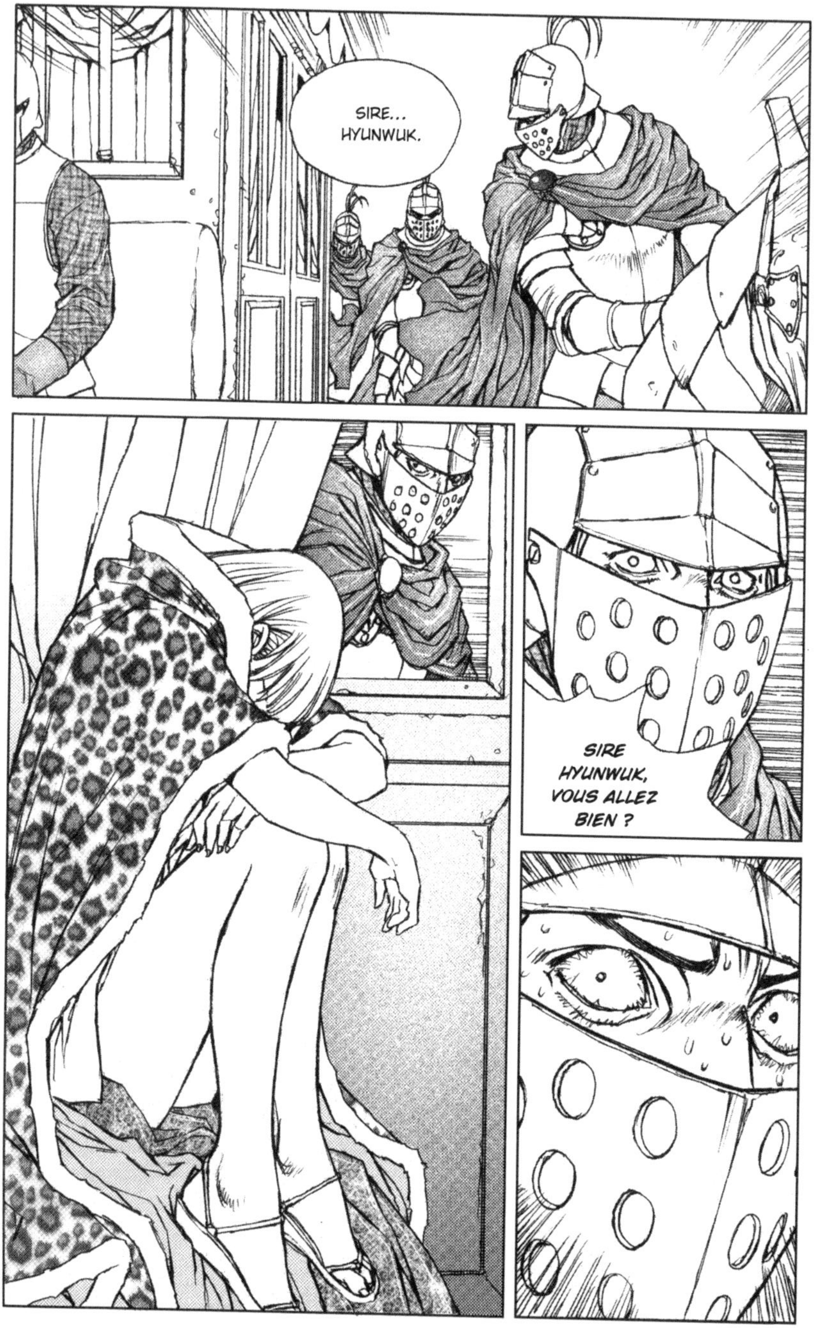
SIRE... HYUNWUK.
SIRE HYUNWUK, VOUS ALLEZ BIEN ?

TCHACK
ARGH

TOUT ÇA, C'EST À CAUSE DE CES VERMINES !
À CAUSE DE CES SALES HABAEKS !

BON SANG, J'EN AI RAS-LE-BOL. ALLEZ, C'EST LE DERNIER.
SI C'EST PRÊT, ON Y VA.
PFFOU!!
RAAAAH

TOUT EST À CAUSE DE VOUS !
TCHAK
TCHAK
TCHAK
SIRE HYUNWUK !
CALMEZ-VOUS, SIRE HYUNWUK !

EUH
BRÛLEZ-LES TOUS !
ALLEZ, QU'ON LES BRÛLE TOUS !
BRÛLEZ-LES TOUS !

QUE SE PASSE-T-IL ? QU'EST-CE QU'IL VIENT FAIRE ICI, LE GARDE DU CORPS DE DAME FASSA ?
MONSIEUR L'INTENDANT, QU'EST-CE QU'ON FAIT ?
EN EFFET, QU'EST-CE QU'ON FAIT ? C'EST QUELQU'UN DE PRÉCIEUX POUR SIRE HYUNWUK...
IL PEUT SE METTRE DANS UN DE CES ÉTATS SI ON L'ARRÊTE MAINTENANT.
POURQUOI IL EST VENU LÀ ? FAIT CHIER.

QU'EST-CE QUE JE FAIS ?
QU'EST-CE QUE...
J'AI ENTENDU DIRE QUE CET HOMME-LÀ EST LE FILS DU DÉMON.
QUOI ? LE FILS DU DÉMON, CHONCHU ?

C'EST LÀ.
DAME SAMIRANG HABITE ICI ...

TU...
TU...

ARGH
SAMIRANG !
GRRR
PLAAF
C'EST À CAUSE DE TOI...
... QUE LES GENS SONT MORTS ET QUE NOTRE VILLAGE A BRÛLÉ.
TOUT EST À CAUSE DE TOI !!
À SUIVRE...

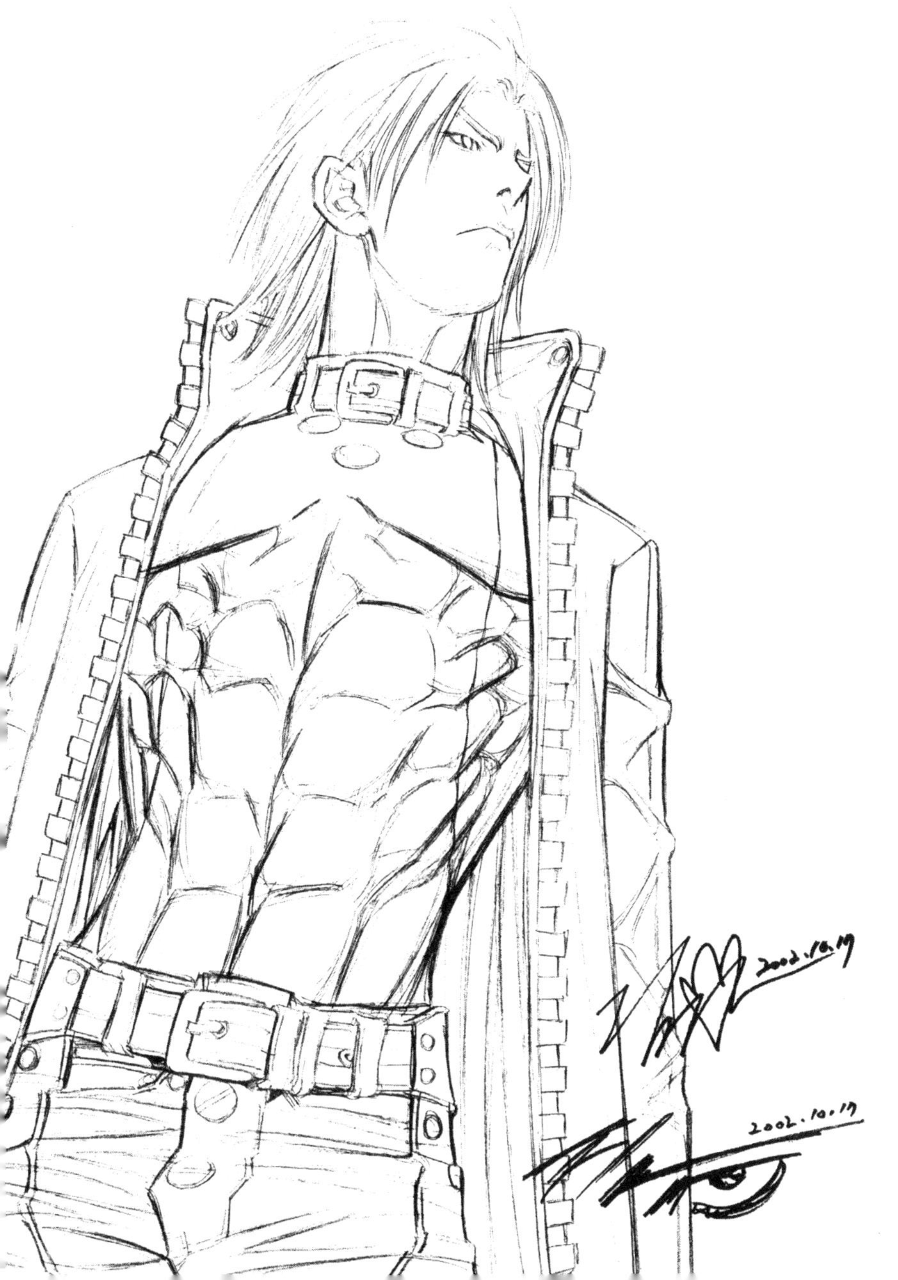
2002.10.17
2002.10.17

PRIEST

Ivan Isaak a vendu la moitié de son âme au démon Temosare…
Aujourd'hui, il accomplit l'œuvre de ce dernier en poursuivant les disciples d'une église ennemie. Mais cette dernière dispose de nombreux atouts issus des ténèbres pour se défendre !
Far West, morts-vivants, fusillades et démons font de Priest le manhwa du 21ème siècle, une BD au style graphique unique qui s'est d'ores et déjà forgée une solide réputation.

Imprimé en Belgique par SOFADI